JN143126

歌集

遠音よし
遠見よし

Tone-yoshi Tomi-yoshi

Kazuhiko Ito
伊藤一彦

現代短歌社

目次

Ⅰ　二〇一三～二〇一五

Ⅱ　二〇一五～二〇一七

装幀　間村俊一

I

二〇一三〜二〇一五

水彦

少年のひとりの夜討ち　月の夜の公園に手もて光切りをり

歩きゐるわれの夜の頭《づ》をふいに打ち啼くなく闇に去りし寒蟬

雷《いかづち》のうちさわげるはよきかなと声出し言へばさらにさわぐも

雷神をとらへむとしてとらへたる人の末路はつひにわからず

私《わたくし》雨《あめ》おほきこの夏さういへば私軍《わたくしいくさ》おなじく増しぬ

明治四十三年牧水が「創作」創刊、大正二年「創作」復刊。

後姿に声をかけたきおもひなり「創作」百巻「創作」百年

東雲堂の西村陽吉の証言。八雲館。

創刊号編集をせし牧水の部屋は机と洗面用具のみ

創刊号出版後に牧水転居。

陽吉が住みたくなしとあはれみし幽霊坂の下の玉信館

木それぞれ葉をもつやうに人それぞれ言の葉もてり　暗緑の森

坂多き東京によく通ふ坂は柘榴坂なり柘榴なけれど

すぐ近くに薩摩藩下屋敷があつた。

江戸無血開城めぐり応酬のなされしはここゆつくり上る

高きへと上る縄手道なりしゆゑ高輪《たかなわ》の地名生《あ》れたりといふ

小浜へ。滋賀と福井の県境。

水路もつしづけき熊川宿過ぎぬ今日は鯖食はず酒を飲まずに

山川登美子生家。

額ふせて生きにし人の家の庭なつずいせんの勢ひて咲く

胸たたき死ねと苛《さいな》むふるさとの鳥の導きに劫《こふ》に入りし人

明治四十三年十月の牧水の書簡。

雪の降る若狭に行きてこごえつつ身清めたしと信濃に書きき

からみあふごとくに見えてからむなく水は仲間と渓谷走る

飲むときに千年を超ゆ水彦の棲むとおもへる渓流の水

新婚の若きと一献。

後瀬山のちも逢はむと言《こと》交し夫婦《めをと》となれる二人と酌むも

林中に黄蓮華升麻《しょうま》の花食べし鹿うつくしくなり秋待たむ

姫島

えごの木の幹の小啄木鳥《こげら》の一心なり近づける妻とわれに構はず

自慢なる白き横紋かがやかすこげらよ明日も庭に来よ来よ

月光を息《いき》のごとくに枝の間にためてゐるなり庭のえごの木

伝説の島へ。

国生みにより生まれたる女島《をみなしま》この姫島か伊美より見たり

潮見つつ伊美の港のイミの語は斎《いみ》ならむかとフェリーに思ふ

信号は一つのみにて公衆トイレ二十四もあるもてなしの島

姫島の姫が手を拍たば湧き出づる水といふ　手に掬ひ飲みたり

拍子水《ひやうしみづ》に棲む水彦は囲まれてゐるわだつみのどこより来しや

姫島はあさぎまだらの休息地ふぢばかまのうへ低く高く飛ぶ

神無月にすでに入りをれば南下する今年しんがりの一群ならむ

わが家の庭の藤袴に夏に来し一頭かへりはここに息《やす》めるか

栗田昌裕氏の説。

波動飛翔　高空飛翔　八艘飛翔……二十四の飛翔型もちてとぶ

十分の一匁の重さに一千粁渡りゆく生によくぞ怯まぬ

時季は五月がいいと言ふ。

乱舞するあさぎまだらを見にこよと村びと言へり姫島訛に

斑紋をたたへて蝶の生態を語る女性は蝶語知るごとし

東北に女川。秋田県。

訪ねたる男鹿半島に縄文の貝塚のこる女川《をんながは》ありき

宮城県。地名の由来といふ。

牡鹿郡に女川《をながは》町あり源氏より婦女子まもりしみなかみをもつ

歌集『ひたかみ』。

大口玲子「神のパズル」にうたひたる原発立てり女川町は

枝を手に幾度もあげてくぐりゆき林の奥になほもこばまる

血のいろのまだ生きゐたり霜月の泥にまみれし落葉洗へば

東京の雪彦

市ヶ谷。

降りしきる雪におのれを奪はれて歩み行くなり白き密室を

小高賢氏「東京は大雪すごいです」。

訃報届く前日に来し君のはがき胸ポケットに雪の東京

見えがたき空ゆつぎつぎ降《お》りてくる雪彦の群いたく頬打つ

難渋しホテルまで歩み進めたり歩道も車道もなき雪道を

生まれて初めての雪は昭和三十八年だつた。

坂の上の下落合の下宿より中井駅まで雪踏みしめき

奈良の興福寺。

久久に逢ひて拝める阿修羅像　より若く見ゆわが老いし分《ぶん》

顔《かんばせ》にうすく残れる朱のいろのこれより淡きも濃きもふさはず

正面の顔《かほ》を「聖なる困難」と言ひし人あり然りとおもふ

ほとけよりほとけの貌《かほ》か冬の鹿風をうけつつ身じろがず坐す

亀見むと子をつれ佐美雄立ちにける猿沢池の水のとぼしも

日向市細島。酒場詩人吉田類氏と。

日向灘泳ぎゐたりし箱ふぐの姿づくりを賞でつつ酌めり

飲みながら語りは尽きず若山牧水マイク・モラスキーまた俵万智

マイク・モラスキー氏には『呑めば、都―居酒屋の東京』の著書がある。この本のなかに酒場詩人吉田類氏が登場する。また吉田類氏と俵万智氏は旧知の仲。

恋猫の男いつぴき屋根にゐて恥づかしきまで甘き声出す

平原の自宅。

鷲摑みしたるかふいに強く大き音のきこえぬ　あとは静寂

きりきりと目白は鳴きて飛び去りぬ警戒されしわれはにんげん

春風の生まるるところ春風の死するところを知らず吹かるる

つぼみ多《さは》の山桜の枝もらひたり大きすぎれば鋸《のこ》をもて挽《ひ》く

一夜経しのみにいちどきに咲《ひら》きたる山の桜の花のいたまし

枝凍りし山に月光浴びにけむ桜の花のしろくかがやく

雨に散る杏の花に落ち着かずそはそはとして昼飯《ひるいひ》を食ぶ

岩城島

木浦港発てる九十トンの船五月の海面《うなも》引き寄せ進む

瀬戸内に海の深淵より人の深淵おもふしばしの間《かん》を

愛媛県上島町。

岩城島につひに渡りぬ牧水が『みなかみ』浄書こころみし島

伊予松山藩の島本陣の十八代目は「創作」同人だつた。

潮とどろ心とどろに若き当主三浦敏夫は牧水待ちき

酒持たず来しを悔やみぬ牧水の霊のこりをらむ若葉の家に

古き家の古きケースに敏夫へと牧水送りし葉書のファイル

敏夫はその後、島で二人の子供を幼くして亡くしてゐる。

海霊《かいれい》の声をききにし人ならむ夭折の子の声逃すなく

坪谷で最も苦しんだ時期の『みなかみ』第二章。

自己破滅の危機に瀕しし「黒薔薇」の歌の破調は海なき暗さ

『みなかみ』の浄書のために四方《よも》すべて海なる島が求められにけり

海の幸の魚《うを》のはだへは人の眼の光も闇も寄せつけぬ青

陸《をか》もまた海のものにてひざまづくごとき島あり夕陽浴びつつ

一切のひみつ漏告し海はありあかねさす昼をうばたまの夜を

伯方島へ。光藤旅館。島内景二氏、細川光洋氏と宴。

赤魚鯛《あかをだひ》、鰈、平目に地酒合ふ　吉井勇の泊りし宿屋

勇の過ごした一室に寝た。

勇大人《うし》過ごしし海をのぞむへや勇のごとき大き月のぼる

心ならず妻と諍ひくるしみし人のなげきを月渡るなり

「洛陽の酒徒おほかたは世を去りてわれのみひとり酔へるさびしさ」（勇）

岩城島訪れにけり牧水を偲びなつかしみ五十歳《ごじふ》の勇は

酒ぼとけ旅ぼとけとぞ牧水をうたひし勇同《おな》じきほとけ

いつの世とおもひ咲けりや光放ち梢に高き山法師の花

私《わたくし》は人ではないとあぢさゐが人のかほしてまつしろに咲く

朝のこゑ昼のこゑまた夜のこゑそれぞれにもち生きものは生く

津軽富士

百重波千重波しきに億年の手帖をひらく日向灘なり

狛犬に雌雄のあるを確かめて海の社《やしろ》を後にしたりき

登りつつあふげば丘のいただきに夕光のなか黄《きい》のかたまり

指をもて触るるまでもなし花弁《はなびら》をしつとり濡らし咲ける夕菅

青森へ。

雪中に牧水立ちし大釈迦の名は古びずに駅名にあり

牧水の青森行は大正五年三月。

青森に初めて会ひしひとびとをなつかしきとは牧水の言

『津軽』の一節。

友吟ずる「幾山河《いくやまかは》」の身にしむと太宰は言ひき竜飛岬に

青森はふたりのしうちゃん生み育つ　津島修治と寺山修司

立佞武多《たちねぷた》に黒きマントの太宰治あつてならぬかあらば仰がむ

再会を待つといふごと否われが再会のぞむ藍の岩木山

月光にかがやくさまは見ざりしが心に抱く夜の津軽富士

中秋の名月。

すすき柿ぬすびと萩を供へたり津軽土産の鯨餅も添へ

十五夜はすべての人が近くしてかつ遠きかな川面光れり

晩年は視力ほとんど失ひし父の遺影を月光《つきかげ》に抱く

月の光避くるごとくに塀の下にゐる斑猫《ぶちねこ》の薄光りせり

千越ゆる羊雲率《ゐ》てのぼりくる十六夜の月　われも率らるる

桜じま大噴火せし年に生《あ》れまだまだマグマたまりゐる母

大正三年九月生れ。今年満百歳。

自らの古日記読むを日課とし白寿と百寿のあひの一年

お喋りといふ一芸に自らを助けきてけふも芸を発揮す

お祝ひの会の挨拶を五十代といはれ秋蝶のごと喜べり

地獄酒

雲広がる東の空にひとところのみ光あり菫いろ洩る

死にたるか枯れつつこの木生きてるか日当りたれば表情を見す

林よりヘイトスピーチの声きこゆ鳥が鳥狙ふ大が小狙ふ

朝の日のなかを番《つがひ》のせきれいが離れず飛べりりんりりんと

誰《た》がわざか水のそこひに肌あはせ沈みてゐたり烏瓜二つ

鳥の巣の髪のあたまの若者が木を伐りてをり木の友のごと

松代。

しろがねの北アルプスをちちははと慕ひ暮らせる人の棲む町

たまたま長野地震を体験。ホテルの四階にゐた。

みすずかる信濃の大地手づかみにして揺るがしし見えざる力

海へだつる松代の地に玉依比売祀る社のありてしづけし

牧水と柊花。

ふるさとを捨てにし者と出でざりし者との因果ふかき地獄酒

宮崎を出でて帰れる半端のわれ牧水に似ず柊花にも似ず

牧水は松代訪へどその柊花日向《ひうが》を訪はず一生《ひとよ》終りき

次つぎに滝壺のなかに飛びこめる紅葉《もみぢ》の速度びめうに違ふ

幼子が泣けるか鳥が鳴きゐるか判らぬゆゑに耳澄ましゐる

悪童は日の暮れてなほ言葉多く動き賑やかに空地よろこばす

大き葉はともあれ小《ち》さき葉も散れる惜しみ銀杏《いちやう》の黄を掃くなり

榠樝の実さいごの一顆まだ枝にゐて青空をかがやかす役

鳥よりも鳥の影見る少年に合はせわたしも影を見てをり

円きより尖れるがよき冬の日に見えざる風の鋭く吹き来

書斎とふ暗がりを出で曇天の薄くらがりに癒されて立つ

月光と地面

痙攣し死にたる鳥を見し記憶ふいに飛びきぬ隕石のごとく

苦しみのまだ足りぬぞと木立より小鳥のこゑの聞こえてきたる

纖き道あまた広がり尽きてゐる掌《たなごころ》見ぬ夜寝るまへに

堅雪といふはいかほどの堅さかと考ふるのも申し訳なし

神楽のくに日向《ひうが》にありて今年まだ神楽を見ぬは言はずに秘密

達者なる老いらに交り夜神楽に跳ねるごと舞ひし郎子ありき

一度だけアイスクリーム売り現れし神楽宿ありき暖冬の年に

すれちがふとき嚔せる犬の顔いたく不機嫌ピンクの服着て

色めけるものはあらざる末黒野を濡らし降る雨われを濡らせり

山ゆ来たる山桜の花じつと観ればどの一輪もかんがへてゐる

春の夜のこよひ魳《かます》の源平焼ひとりし酌むに寂しくあらず

一日を家にこもればいくたびも女雛の白く小《ち》さき顔見つ

驚きもせずわが顔をみる女雛さみしくなしや男雛はをれど

笛の音《ね》の鋭きに似る風のおと棚の手毬のうごかずしづか

菜の花を飾るか食ふか結局は食ひてしまひぬ吾《あ》れも吾妻も

寝姿のよさに処女《クマリ》神に選ばれし少女ゐるとふネパールのパタリ

釈迦の場合イエスの場合それぞれの寝姿おもふ星空見つつ

断簡のごとき雲あり明るさがさびしさとなる春の晩照

鄙のわが家《いへ》のあたりは春泥のいまだ滅びず人の足待つ

未生の死いのちはもてり月光は黒き地面《ぢべた》をかがやかし照る

青葉木菟

つぎつぎに寄せてくれども続く波もたぬ殿《しんがり》の波白くあり

波となり波を終りてしづかなる水はいろのこし砂に消えたり

垂直に立つことできぬ波寄せてわが踝をしとど濡らしぬ

砂浜に燃やす火　どこから眺めても正面となる裸形のほのほ

不慮の死を報ずるニュース欠くることなき日日《にちにち》の弥勒菩薩や

テロップの字がたちまちに消ゆるのと同じ速さで死者消えてゆく

みづからが作れる土偶毀《こは》ししとふ縄文の人のこころ異《あや》しや

再生のためには死こそ必要と思ひたりしか死と生ちかし

縄文の人のこの世とあの世とを知るすべなくて青葉木菟聴く

声絶えてしづけき闇にたたずめば前がこの世で後ろがあの世

あの世なくこの世あるのみか　そのこの世稲妻《いなびかり》して闇が濃くなる

一枚のこの世とあの世　へだつるは何もあらずと空は思はす

涅槃図のごとき雲ぞと見えたるは上田三四二の故郷《ふるさと》ゆゑか

小野市。

飛ぶ鳥のなし浮かびゐる雲あらず空《そら》はいま空《そら》ひかりを満たす

左見右見すべし彷徨《さまよ》ふべしもつと　水の上《へ》のひとつひとつの螢

同じ高所ゆ降りきたる雨か判らねど勢ひあると無きとが混じる

宮崎県南郷町。

雨のなかジャカランダの森に全身を濡らし入りゆく結願のごと

むらさきのうれふる色と思ひしは花のせゐにはあらず雨繁し

押し黙るみどりのなかを歩きさて夢に夢見し森より出でぬ

夜の間に心づき立ちてゐし樹樹《きぎ》ら朝の光に抱《だ》かれをるらむ

Ⅱ

二〇一五〜二〇一七

声なきもの

節《ふし》と節の間の青を見て立てり澄む雨の降るあかるき午後に

世といふ語もとは竹の節《よ》　次の世に幸をもたらす光をはらむ

春夏秋冬かほをさらして平気なる空といふもの人はおそれず

山門の上にひろがる空の奥ひかり累なり濃きところあり

晴れの日の続くといへど海近きわが家のあたり空気うるほふ

子らのいつ出でて来むかな玄関の戸の上段の隅の卵嚢

卵嚢より時間をかけて少しづつ少しづつうようよと出でくる

嚢《ふくろ》より出でてきたれどいづくへも行かず戸の面《も》にしばし張りつく

生まれたる数へ切れざる鎌切の緑色の子生きよこの夏

薬屋を継がざるわれに一言も愚痴言はざりし父の心はも

何ごとも万全を期する父なりき利をあぐることだけ苦手とし

堅人《かたじん》の父なりしこと誇るなり堅すぎてかつて恥づかしかりき

訪るる客に仏さまと言はれつつよく働きき儲け得ぬまま

亡き父の笑顔の写真　つくづくと見入りてわれは今日を始むる

ひとりゐるわれのうしろに誰かゐるいまだ知らざる人のごとくに

引き出しの中に捨つべきもの多し捨てむと思ひ捨つることせず

捨てらるるはずのもろもろこの我を笑ひあかるし暗がりにゐて

交合の姿に丸きと尖れるがくつつきてをりもう何年も

屈葬をされたるごとく押し込まれ声あぐるなき幾つかがある

文鎮のかたちさまざま文鎮の重さそれぞれ　尻こそよけれ

耳もとにきこゆる声は何の鳥あるいは鳥にあらぬか目閉づ

区切り

六十年安保の年に読みにける『きけ　わだつみのこえ』の昭和よ

花冷えに竹山広の作品を読みかへしをり被爆七十年

慶応より百五十年　不幸なる区切りはいつといつなる

大正の十年、昭和以降九十年ひとしく重し百歳の母に

古今集より千百十年の年にてもあり歌詠みらには

住み悪しき国になりぬと言はぬまま里は花咲き鳥啼きてゐる

よき国とならむ予感のありやなし昭和百年の日本のすがた

ねんごろに

おのづから味の異なるさいはひに立春のさけ立秋のさけ

酒のうむ流離のこころさやけくて今日も晩酌《だれやみ》す月を友とし

酒場にて酒にくちづけするごとく盃《さかづき》つかふ翁がとなり

いよいよに酔へば弥勒のごとき人またなき人の微笑たやさず

牧水の「白玉の」の歌。

「白玉」は歯の形容にあらざりき酒ひとしづくひとしづくなり

酒のまば若さ保つかいやいやいや早く老《ふ》けむか　心とまれ身は

月見草白く咲《ひら》くを庭に出でながめてはまた一献を酌む

月桃の葉につつみたる新米のおにぎりもまた日本酒にあふ

焼酎か清酒かワインか深紅なる伊勢海老の活造りによきは

わらぢ酒こそ最《もつと》も大切ぞ別るる人とねんごろに酌む

無礼無し

形代のごとく浮かべる自《し》が影を見つめてゐたり秋の日の水に

青空のどこかに百舌の隠れゐて啼けるごとしよ声の降りくる

月見れば無垢もまた無苦も地上にはあらずと思ふ影踏みて行く

無礼なるもの無礼無し庭飛ぶ蝶あゆめる蟻また立ち尽す木も

杜鵑草間もなく昏れむ夕どきに庭を走りぬくちなは殿は

われ知らぬ卑弥呼のかほが突然に目に浮かびたる不思議なる夕

近寄らず眺めゐにけり月の夜の竹のはやしの光のうたげ

梟のこゑをこのごろ聞かぬなりいづこの谷にこの冬あらむ

秋かぜの苅田の鳩をうちはらふ誰もあらねば空たふれこよ

綾町の森

隠れつつ燃やす枯葉のあぐる炎しだいしだいに高くなりゆく

ひらひらとまためらめらと日本《につぽん》の火と戦場の火と異ならず

どうぶつの顔のいろいろ思ひつつにんげんの顔けふはやめむか

さて森の宴はじめむ縄文の闇せまりくる綾のあづまやに

大小の樹樹にふれきし手に摑み鮎を食ふなり渓の音する

焼酎もよけれど今日は日本酒ぞ「登喜一」の瓶たちまちに空く

酒の真味《しんみ》うやまへる人しろごはん食べつつ日本酒を飲む

ハゲタカ

亡き夫が夢のみならずうつつにも訪るるといふ部屋の入口に

「父さんはほんとに死んだつよね」と幾度《いくど》も母聞く「ほんとよ」と答ふ

認知症あるいは認知症のふり　分からぬままに母に微笑す

ハゲタカがわが夢に出で人間はオレさまをうはまはると言へり

ハゲタカの顔が誰かに似てゐしが誰だつたかつひに思ひ出《いだ》さず

飲食のときもハゲタカの声色が耳を離れず終日をあり

ハゲタカは今夜も夢に出づるやと思ひ寝につく　ハゲタカのわれ

母生きたる百一年の日本がハゲタカなりしあの時この時

新聞を読みつつときに半眼なり世界の修羅はいかに見ゆらむ

第一次世界大戦の勃発せし年に生まれて遠つ人ならず

異様の国

銀杏の葉散らず明るし日の暮れの宮崎よりも早き東京に

東京の蛇らはいまだ冬眠に入らずあらむか異様《ことざま》の冬に

東北はどこを中心に東北や首都東京を歩きつつ思ふ

三日前に血のごとき紅葉見しことをふいに思ひ出す身体《からだ》に歩く

平田オリザ原作。深田晃司監督。

なつかしき新宿の街に映画見つ「さようなら」とふ近未来映画

放射能にどこもかしこも汚染され人ら国外に避難する日本

脱出の順番は国が決むるなり外国人は後にまはさる

理不尽に残されてゐる若き女性アンドロイドと共に暮らせり

希望湧く歌をと言はれアンドロイド牧水の歌を女性に教ふ

「いざ行かむ行きてまだ見ぬ山を見む」アンドロイドは静かに答ふ

人死ねどアンドロイドに死はなきかいや死ににけりアンドロイドも

深酒を幸ひとせる青春よ　と言ひながら今日の深酒

雨の降る深夜の東京傘ささず歩く人らの列に続けり

天

天の星掬ひたきほどに満ちてをり晦日の今夜どれを掬はむ

軽さうな星も重さうな星もあり掬はばどちらから先にせむ

申年の元日にまづ思ふこと生きてしあらば百八歳の父

汽車に乗り父と二人の初めての旅の泊りは門司港なりき

元日も半眼多し亡き父を恋へる寅年の百二歳の母

初晴《はつば》れにいつもは行かぬ径あるき迷ひしこともめでたかりけり

一日を百年千年として生きし雲のゆくへを照らす満月

大関も関脇もゐる天の雲われら地上の前頭なり

時を超える祈り――われはマンショ

一　あかねさすひむかの国の都於郡《とのこほり》ふるさととするわれはマンショぞ

二　ローマへの苦しみの道耐へ得しは幼きときに地獄見しゆゑ

三　へだたりし西と東をつなぐべくいのちをかけむ若さ貴し

四　選ばれし理由《わけ》に運命《さだめ》のあるといへわれ十三歳《じふさん》の正使なりけり

五　死の不安おそひくる船こころには母のみかほをおもひゐがくも

六　長崎ゆマカオマラッカさらにゴアさらにリスボン二年半《ふたとせはん》か

七　奇蹟なりわれら四人《よたり》の誰《たれ》ひとり欠くることなしいざやローマへ

八　オルガンを大聖堂にわれ弾けば人らおどろき聴き入れるなり

九　飾らるる馬にまたがりヴァチカンに向かへるわれに日本のひかり

一〇　グレゴリオ十三世は神々《かうがう》し神のなみだにわれもなみだす

一一　いのちかけ使命果たししよろこびはふるさとに疾《と》くこころ走らす

一二　なにゆゑと問ふはおろかやひたぶるに海わたりしに迎へられざる

一三　関白のすすめし仕官《つとめ》ことわりぬ神のこゑ聴くわがさだめなり

一～一〇は出田敬三氏によって作曲され、馬込勇氏の指揮で交響詩曲として演奏された。宮崎県川南町のモーツァルト音楽祭で初演のあと、ローマの教会やオーストリアでも演奏。

底ひ忘るな

誕生祝ひの席。

若い人と意見合はぬと百一歳の母は言ふなり八十代の人を

天国にもう行きたしと今日もらすただし急行でなく「鈍行でね」

パネラーの一人に招かれ行くと言ふ母とどめがたき夢を見にけり

車椅子より落ちる。

左大腿骨頸部基部骨折し手術をうくる母に付きそふ

百一歳なれど手術に耐へ得るとの病院の判断。

「大学入試おまへが受けた時の気持」かく言ひ手術室に消えたり

手術から一時間後。
眼をひらきまづ合掌を行ひぬ全身麻酔よりさめたるのち

上京の折。
中井すぎ鷺ノ宮すぎ上石神井　かつて畑の広がりゐしを
大学の後半二年を過ごしたる上石神井の駅に降り立つ

五十年ぶりだ。

あつたあつた今でもあつた安ければパンの耳よく買ひしパン屋が

われながら感心だつた。

一万円札をひろひて届けにし交番の場所いまも変はらず

チャイコフスキー聴きウヰスキー飲みてゐし一人の部屋の底ひ忘るな

沓掛良彦訳詩選『黄金の竪琴』。

サッフォーの恋の詩をよき日本語に読むよろこびの小さき炎

紀元前七世紀ころのギリシアの言《こと》と音《おん》とを知らねど愉し

酒の詩人アルカイオスの詩を読めば二千七百年前の牧水

アルカイオス友と酌まむと逸るなり「なぜに待つのか燈火《ひ》をともすまで」

知らざりき

青天の日日。

雪女《ゆきをんな》をらず空のおく青女《あををんな》いくたりもゐて青を吸ひ吐けり

真青《まつさを》の空にむかひておらびたり　おらぶとは古語にして方言

一木だけ花咲かせゐる梅の木が逆光を浴ぶ林のなかに

温かきいろと思ふに花びらは声出《いだ》さざるもののつめたさ

ありがたきことにあらむか骨いろの空のあらざる宮崎の冬

四十日《しじふにち》までの全身麻酔による手術忘れし母のしあはせ

とどまらず記憶とならずついと去る百一歳の母のたいけん

最近の母の読書は古き日記　人の悪口も稀にあるらし

上京。「曼荼羅」へ。

毳毳しきドン・キホーテの真向ひに時空を超えむ地下の一室

入場の列のわが前に並びゐつ『絶叫委員会』の著者とその妻

七十二にして二十二のdoppelの男絶叫　死者絶叫す

呼ばれれば何処《いづこ》からでも返りくる死者は死人にあらず生きてる

満席の人らそれぞれの人生が闇の空間に曼荼羅つくる

帰宮。

クリムトの金と銀とにまさりつつ今年初めて日向《ひうが》の霞

賜物。

おびただしき藻を纏ひたる帆立貝　海に生きにし時間を想ふ

オホーツク海の大きなる帆立がひ海菩薩とぞ拝み食みたる

水中を汝《な》も走りしか　殻開けて水を噴き出しジェット推進に

中也ではないが「おまへは何をして来たのだ」と風が問ふ五年間

被災地に行きしは一度　何もしてゐないと歌ふも震災詠か

本田一弘氏の近作を読んで。

知らざりき思ひみざりき　サングワヅジフイヂニヂの重き響きよ

雪の色

天上の望月のひかりこのわれにむらさき色を帯びてとどけり

花びらにつまづく人を夢見たりつまづきしのち姿消したり

死は終りではないといふ言葉記し逝きにし人を目つむり想ふ

遺る者かなしませずに逝く道を考へゐたる人と知りにき

その人の名はユキ子。

雪の色かくなる色とおもはるる白き南の雲のかがやき

こころのかたち

境とはへだつるところ境とはあひあふところ　この世は境
にんげんの造れる古きと新しきが時こえて照る時の火先《ほさき》に

目に見えて天使の遊びゐたれどもわらひのこゑは聞こえてこざる

明るき陽《ひ》照らせる似非のさかひあり真のさかひは夜の月が見す

薔薇好む人多けれど薔薇嫌ひなれる不幸の人もよきかな

高きより飛びたきか否祈《いや》りつつ世界動くを待ちゐれば動く

はたはたとはばたく音の聞こえきぬきこえてさらに静寂深し

光りつつ水がほほゑむ空に立つ大いなる虹を見あぐる人に

かなしみを共にするとき孤立せぬこころの紋とこころの容《かたち》

進むため立ちどまりたり円かなるこころの洞《ほら》に光みちくる

七・三

一日の形見の夕日地《ち》も水もあまねく照らしけがすなく消ゆ

河の鹿すでに啼きゐる四月には始まりてをり日向の夏は

無頼なる光は射すといふよりも打ちてくるなり肌痛きまで

四月十四日、十六日。宮崎も激しく揺れたが、熊本の揺れはすさまじかつた。

マグニチュード六・五の地震《なゐ》を前震と誰思ひしかその後七・三

熊日短歌の選者をしてゐるので、新聞を毎日送つてくれる。

死傷者を報ずる新聞いたましも　阿蘇大橋の崩落も伝ふ

熊本は父のふるさと累代の墓も倒れて雨に濡れをらむ

山寺

比叡《ひえ》の山のぼりゆくほど霧深しその霧のなか桜咲きをり

桜ばなおのれ隠さずまた消さず遠く近くに霧透かし咲く

大正七年。

牧水のたづねし五月の半ばにも桜こんもり咲きてをりけり

夕闇の部屋の中まで霧入ると牧水書きし山寺ここぞ

牧水の泊りけむ部屋畳荒る　開きたる戸は二度と閉まらず

紀行文「山寺」が面白い。

人生をしくじれる男この部屋に牧水と酒飲みてよみがへる

常にては耳遠けれど酒飲めばよく聞こえるとふ爺さん不思議

「酒に代ふるいのちもなしと泣き笑ふこのゑひどれを酔はせざらめや」（『くろ土』）

止めてゐし酒の味知り人生をやり直す決意聞かされにけり

「比叡山《ひえやま》の孝太を思ふ大ぎりのつめたき鰹を舌に移す時」（[illegible]）

別れたる後も爺さん思ひやる勝浦港の牧水なりき

人のごとくに

稲妻に照らさるるたび健やかになりゆく思ひ　次を待つなり

稲妻は稲のみならず人の妻かく思ひつつ照らされてゐる

見る人を喜ばせをり庭に咲くは節黒仙翁の幸《さち》ならねども

憎むとき蛇のごとくと言ふなかれ人のごとくに蛇は憎まず

松浦寿輝著『黄昏客思』の一節にある。

小説は醸造酒、詩は蒸留酒　なるほどと思ひこよひ焼酎

グラス揺らし波打たせれば弦の音きこえくるなり上戸の者には

たはぶれに灯りを消しぬ月かげの泛く焼酎のおぼろのグラス

百草園へ。

急坂を上りつめたる門の前に山鳥のゐつわれを見るなく

人だれもをらぬ百草園樹樹《きぎ》の径さまよふごとく否さまよへる

「にんげん」を隠しきれねど林中は隠蔽色の緑のシャツ着る

牧水と小枝子歩みしはどのあたり知るすべなきに椿の実照る

証言が残つてゐる。

園田さんといまだ名字に呼びゐたる明治四十一年四月の牧水

牧水の歌碑に向かへる道にまた出会ひたる鳥の声出さず消ゆ

真青のうら

牛のほとけ豚のほとけとなりたりや口蹄疫より五年の過ぎて

殺処分二十九万のうち健康な牛と豚とが十二万頭越えき

朝の道にすれちがふとき声たてず弱視の犬と難聴の犬

障害ある生より逃げぬ茶の瞳の顔立のよき犬飼ひてゐし

一度われ打ちたるときの不信の眼《め》いまも忘れずいまも悔いあり

通り雨かがやきすぐるひとときを惜しみ立ちをり赤子抱《だ》く母と

雨あがる待ちてわれ抱き軒下に戦時の母は何思ひしか

仏壇の一人となりて間のあらぬ人にとりわけ紅きさくらんぼ

「あら」は古くは男も使つたので。

月の照る庭に出づればあら母がゐたりひとすぢひとすぢの光《くわう》に

一日に五個とかぎりし母の飴　こよひの月は金いろの飴

「鳶に吊られ野鼠が始めて見たるもの己《おの》が棲む野の全景なりし」（齋藤史）

死に吊られ母は見にけむ戦時の火、戦後の貧そして故郷の町を

時として思ひ出でたり垣間見にける百一《ひやくいち》歳の母のちちふさ

私の生まれた時刻、体重、産婆の名を初めて知つた。

かずかずの母の遺品に「壽」の字の彫《ゑ》られゐし臍の緒の函

出できたる古びし函に臍の緒はあらざる　煎じ飲みしがありや

「わたしを母胎に繋ぎ留めていた紐帯とは、いったい何だったのか」（松浦寿輝『黄昏客思』）

中味なき函だけなれば気軽にぞ触るることとする掌《てのひら》にのせ

亡き母よりは若い人だが。

あきらかに罠なるに罠に見えぬかと老人が言ふ戦前を生き

鯔一つ飛んで続かぬ川の面を老人と二人ながめてゐたり

宮崎県綾町。

濡れてゐる白き小旗のごとき花とほくに見ゆも誘はれゆかむ

森の中ゆ谷とびこえて空《くう》を切り声とどきたり赤翡翠ぞ

吊橋の高きより見る谷の底に合歓の花咲く声とどかねど

森の底の土にひそみて生血待つ蛭の一生《ひとよ》の黒黒ならず

花すべて悦ばしかるかたみゆゑいきいきと散る百年こえて

率《ゐ》るものは何ひとつなく聳え立つ樹の幹を這ふかたつむり見ゆ

長野県小諸市。

フランスの水しかなきに驚きぬ信州小諸の駅の売店に

牧水は明治四十三年秋、小諸に二か月滞在した。

幸徳事件すでに起りてをりたりき孤悲《こひ》に苦しむのみの牧水

若ければ知らざりしかな吾亦紅の紅きはまれば黒ずむことを

恋人に夫も恋人もあるといふ絶望の秋のしらたまの酒

「絶望のきはみに咲ける一もとの空いろの花に酔ひて死ぬべし」（『路上』）

空いろの花とは何の花ならむ　この世には無き傷なき花か

「かたはらに秋ぐさの花かたるらくほろびしものはなつかしきかな」（同）

石垣の一つとなりて恋ひごころ遺せる人のほろびざる歌

夏といへば夏の終りのさびしさをまづ思はぬか竹伐る人よ

夏と言ふ季節のうらの秋のいろ真青《まさを》の空に見えてゐるなり

ほほゑみ

憲法の第九条の平和主義こはほほゑみなり世界に例なき

戦場に優しき微笑あらば、いや微笑のなきが戦場ならむ

第九条は日本人もつ「無意識」といふ論読みぬ真実なるか

ヘイトする人にこのわれに「無意識」はひそむや否やと思ふ

「物事柔和忍辱にして強からず」兄信幸の信繁評なり

『逝きし世の面影』読めばほほゑみが日本の礼儀の基本なりにき

中西悟堂言へり　南国の牧水の顔はにこにこ笑ひかけてくる

赤し赤し——地震から半年後の熊本

光強き残暑の道を人間のきれはしのごとわれは歩めり

積まれたる暮らしの跡におびただしき赤とんぼ来て去ることをせず
益城町

原形をとどめぬ家の廃材に赤とんぼ飛ぶ火を放つごとく

倒れたるままなる墓が三十度の秋の陽返しくろぐろと照る

修復を業者に頼めど盂蘭盆に間に合はざりし墓多しとふ

傾けるみ墓に参りゐる人の多しよ父のふるさと宇土も

大いなる崩落の斜面おほいなる顔に見え来るみ山の神の
南阿蘇村

褐色の顔はほほゑみすら見せて人を励ますごとく思ほゆ

阿蘇大橋落としたまへる力業かたへの地蔵かなしく見けむ

赤し赤し四月の土中に揺れたりし根をもちて咲く彼岸花群

めぐりなる家家まもり社のみ大屋根落とし静まりてをり

阿蘇神社

地震《なゐ》のため屋根落ちたるを知りながらなほ「どうして」と呟く子あり

熊本城ながめてあればまぼろしの天守に秋の雲の流るる

熊本市庁舎十三階から

根本海岸

牧水は霊岸島から船だつた　われは娘とアクアラインで

ひつそりと「根本海岸」のバス停が電柱に隠れ立つを見つけぬ

一時間に一本のバス走るらし　牧水、小枝子は人車《くるま》使ひき

バス停の近くの民家の壁の上に「牧水亭」の三文字記さる

牧水が「ああ接吻《くちづけ》」と歌ひける場所はいづこかこの岩陰か

百十年前はむかしか否か思ふ　海のかなたの行き合ひの空

雲の下の遠きを行ける船の見ゆ港に寄らぬ『別離』の船ぞ

「春白昼《はるまひる》ここの港に寄りもせず岬を過ぎて行く船のあり」（『別離』）

金谷より乗れる東京湾フェリー　鷗が飛花のやうに従《つ》きくる

失恋に終り三年の後の日に北下浦に牧水往きき

「海越えて鋸山はかすめども此処の長浜浪立ちやまず」（『砂丘』）

かすみたる鋸山をながめつつ小枝子がことを思ひ出でしか

月の青島

江戸期は青島神社は鴨著く神社と呼ばれてゐた。

青島の海は鴨待つ青さにて鴨著《ど》く島の名のふさはしも

海が決むる運命のありヤマサチヒコ、トヨタマビメの出逢ひと別れ

砂浜の狭くなりたる青島よ水平線はかはらず遠し

青島の夕《ゆふ》のコーヒー東京の夜のコーヒーをふいに近づく

初めて活字になった自作「過去形の愛と静かに決意せりコーヒー熱き雪の夜なりき」。

過去形の愛と歌ひし東京の日日よりもはや五十年越ゆ

動きよくいけすに泳ぎゐたる鯵網《あぢ》にすくはれ皿の上に生く

呟きが聞こえてこぬかたぢろがず蒼きまなこをしかと視つめよ

何をして来ざりしか思ふ　活き作りの鯵の息絶ゆるまでのしばしを

小《ち》さくなれる素揚の鯵をまなこまでわれかりかりと食ひてゐるなり

砂浜は銀の粒なりしろじろと光享けゐる月の青島

不意に

秋の夜を財布忘れて文なしに歩くたのしさ星に挨拶す

なきがらの虫らを抱《いだ》きみづからも枯れゆく草のかすかに光る

何ひとつ擲ってをらぬ人生を許してくるるごときむかご飯

七十三の迷子といふはをかしけれどいくらかは今日の境地ぞ

づかづかと現るるなし月は海ゆ無音の音《おん》にとうろりと出づ

家のすぐ近くを新別府川が流れてゐる。

服着がへ鞄を下げて家を出づ原見橋越え小さき旅へ

恋敵にあらねど話しかけざるが礼儀　呑屋のカウンター席

滲《し》み具合まことよろしき鰤大根　隣の人も注文したり

飲みながら今宵思へりふはふはのだし巻き卵のやうなる人を

霜月のまさをなる空だれもだれも叩き得ざれば素顔知られず

雲のなき日向《ひうが》の空は青尽くし青を尽くして不意にしろがね

猫ブームらしい。

今日もまた庭に見にけり世に贔屓されゐる猫のふきげんの顔

耳塞ぎたき声に鴉啼きてをり「初戦闘」のいよよ近しや

母の死後十月《とつき》の過ぎて日記まだ全部を読まず勇気足らずに

間もなく新しい年。

わが家はもとより喪中　しかれども国の内外も「喪」に満ちゆかむ

恙もつ国に照る月の光澄む山のけものら早く寝よかし

火の道

噺しなく日も月も上り噺しなく沈みゆくなり人の世照らし

わが夕占《ゆふけ》人にはよらず吹き来たる風の言葉のよしあしによる

葉を落とし立てる欅の心根を走り根見つつ想像しをり

随《つ》いてくる人のなきかと振りかへり誰をらぬ夕焼けの火の道

うすべにの鯛の刺身の吾《あ》にあはぬ美しさなれば箸とめ眺む

としよるは悪《あ》しからざるよ陽を浴びて庭の落葉《らくえふ》乾くを掃けり

日向灘の潮のおもての震へつつ照るを見るなり崖の上より

葡萄酒と牧水と都農

「草ふかき富士の裾野をゆく汽車のその食堂《しょくだう》の朝の葡萄酒」（『別離』）。

若さとはよきかな貧の牧水の列車食堂に葡萄酒飲みき

日本に列車食堂始まりて間もなき頃にしかも葡萄酒を

富士仰ぎ葡萄酒飲める牧水は赤を飲みしかそれとも白か

おそらくは赤の葡萄酒　そのかみの価格は赤が白の半分

運営は精養軒らし　メニュー表見れば洋食和食さまざま

飛び抜けの焼酎王国宮崎にワイナリーあるは知られてをりや

牧水の長姉は都農に嫁いでゐた。

ふるさとの日向の都農《つの》にワイナリー生まれ二十年　汝《なれ》は知らずも

都農の地に眺むる尾鈴　坪谷から見る裏尾鈴　ともに尾鈴なり

牧水は尾鈴の山のいただきに泊りて星を見しと歌ひき

都農ワイン。

摘む醸すさまざまの手を思ひつつ滑らかな酸味味はへるなり

南のワイナリー

香りこそ届かざれども白き波さやかに見ゆるワイナリーの丘

雨多く葡萄作りに適さぬと言はれし都農《つの》の葡萄酒なり

葡萄作る農家ありてのワイナリーわが教へ子もその一人なり

世界史の授業うけしとふ教へ子と酌み交しつつ昔呼び戻す

困難と闘ひ来たる手になれるシャルドネ三種いづれを飲まむ

鈴鳴らし神馬の去りし伝説が名前の由来この尾鈴山

日向灘ゆ月のぼりきて丘照らす肌理《きめ》こまかなる光に酔ひぬ

永遠親し

正月を待つ沈丁花おのがじしのかたさやはさに緑のつぼみ

雪知らぬ南の水に雪知れる北の鳥来て雪を教ふる

一年は疾きか遅きか考へるいとまのなきがよきと天の声

「時」のなか生きつつ「時」を知らぬなり悪童のごと初烏啼く

懸崖に立つ幼子を遠まきにわれら見てゐる夢を見にけり

戦後とはいつまでなるかいつまでも戦後にあれよ　今年七十二年

エロスある声とわが声を言ひくれし媼の声ぞエロスありたる

永遠を信じてゐるにあらざれど亡き人思《も》へば永遠親し

山ざくら

吉川宏志歌集『鳥の見しもの』が宮崎県出身者として初めて若山牧水賞を受賞。

内側をむきて燃えつつ外側の闇を照らせる火か君の歌

「幼き日より山の影さす」と歌ひたる吉川宏志は越表《こしおもて》生まれ

牧水の生家の立てる坪谷過ぎ程なくすれば越表なり

山桜まぢかに見るにもとも良き越表と聞き訪ねしことあり

対岸の花群《はなむら》見つつ昼ざけを飲みをれば鰍きこえき

「湖を埋めて造った高校に老け顔の吾通いいたりき」(『青蝉』)

弦月湖ありて雷魚など釣りたりき先輩われが通ひしころは

山に咲ける桜の枝をもらひきぬ旅人としてわが家にゐる

父と母の遺影のそばに飾りたる桜の花は祖先のごとし

抽んづる心あらねばゆつたりと雲は行くなり日向の空を

みづからを裏返すための歌といふ　やつさもつさの雲の下ゆく

遠音よし遠見よし

北国の雪気《ゆきげ》も雪解も知らずゐる人間に欠くるものを教へよ

一天の青に謎なしさう言ふは嘘なり人の世よりも謎ぞ

日暮の川面を見ると、葉室麟著『川あかり』を思ひ出す。

七十年近く眺めきて大淀川けふも新たぞことに薄暮は

死者悼む声絶えざるに許されしもののごとくに月を見てをり

九分九厘成功と人よろこぶか　一厘気にする者を忘るな

残念ながら宮崎県の自殺率は高い。

天地《あめつち》の明るさ苦から救ふより辛さ与ふることなからずや

ただでさへ他《た》と比しやすき思春期をネットはさらに他と相対さす

殻の内部はドロドロなのだ。

思春期はさなぎの時代その殻を潰すなと言ひし河合隼雄氏

恋愛は怖いと語る柔和なるわかものの水玉のネクタイ

この若きは自愛と自責の両極に引き裂かれると率直に言ふ

国立社会保障・人口問題研究所のデータ。

十八、十九は八割近し　交際の相手のゐない未婚者の率

あやふきか個人は個人のためにある当然「官製婚活」いかが

夫婦二人どこにも出でず誰も来ぬ稀なる一日《ひとひ》ふたり宴《うたげ》す

このところニュースにマカオのことがよく出てくる。

長崎を発ちてマンショら十七日後はじめて寄りし港がマカオ

歓迎の大砲とどろき鳴りしとふマカオの人ら使節を待てば

天正遣欧使節の首席は日向出身の伊東マンショ。

少《わか》きらは十月《とつき》のあひだラテン語を学び楽器稽古したりき

当時ポルトガル領のマカオで南蛮船を待った。

今日のマカオの人は知らざらむマンショ、ミゲル、マルチノ、ジュリアン

星野博美著『みんな彗星を見ていた』は労作だ。

星の息きこゆるごとく耳澄ます家の近くの丘のいただき

同年代が集つた。

膝下がいや足首の冷ゆるのが老いのしるしと宴ざざんざ

透明の回転ドアにぶつかれる話に次はさらはれゆきぬ

山の神また山姥のゐる幸《さち》は暗黙の幸ざざんざざざんざ

思ふこと多くあれども言にせず母日和《ははびより》なるあたたかき日

永田和宏著『生命の内と外』に多々教へられる。

内側の外部《そと》とふ消化管をもつ　まるで切り通し道あるカラダ

サイエンスの本に思はぬ理系の女子学生の短歌。

生命を論ずる本にさりげなく一首出てきてニヤリとしたり

〈「閉じつつ、開いて」いる膜という存在〉

遠慮がちに著者は言へどもアナロジーとして現実の世考へたし

遠音よし遠見よし春は　野への道ひとり行きつつ招かれてをり

花びらも春風も子に摑まるるなきよわざわざ近づき来《き》たるに

長く使った大学の研究室を引きあげることにした。

文学とカウンセリングと半ばせる研究図書をすべて返しぬ

学生の相談室になりしことしばしばにして忘れ得ぬ顔

十四年過ごせる研究室さらば　私《わたし》だけが知る私よさらば

フランス語に似ると言ふ人ときにある日向弁もて花の雲語る

火事彦の歌

日向路は憂へふくみてひらかざる桜と思ふまで花遅し

四月五日、大岡信氏逝去。

訃報届きこころ動顛し外《と》に出でぬ　月の光の散りてくるなり

二十代に出合ひて今も本棚の『現代芸術の言葉』『言葉の出現』

牧水賞の選考委員として十二回来宮された。

「日本語の呼吸法」にあふ牧水の歌と文章と語りたまひしよ

四月十三日、啄木忌。

言ふならば汗牛充棟の啄木論読めば読むほど君遠ざかる

「石川啄木のユーモア」（『人生の黄金時間』所収）。

自らに向けたユーモアに啄木の歌の根本読みし大岡氏

啄木は七回にわたり「創作」に歌を寄せにき百三十六首も

三十四首の「九月の夜の不平」『一握の砂』に収められざりし八首あり

大逆事件後の明治四十三年十月号の「創作」。

「若山君は誰にも愛される目をしてゐる」（明治四十四年五月一日の啄木の「日記」）

自らが愛されてをらぬ心ゆゑ啄木言ひし言葉ならずや

「ミミズの話をきいた」（五月一日の「日記」の続き）

カンタラウミミズのことと想像す坪谷に多き巨大ミミズなり

濃《こ》むらさきの気味悪きミミズもつぱらは鰻釣るのに餌にされたり

啄木は北は釧路まで行きにけり九州は知らず世を去りにけり

四月十四日、中津川へ。田中伸治氏主宰の「彩雲」記念大会。

正面に恵那山拝する山荘に牧水愛《め》づる人らと酌めり

牧水のかつて泊りし「長多喜《ながたき》」の茅ぶき庵《いほり》まぢかに眺む

茅ぶき庵のすぐ近くに泊つた。

茶室もつ離れの家のひとり酒ごめん牧水すら忘れたり

「恵那《ゑな》ぐもり網張りて待つ松原のいろの深きに小鳥寄りこぬ」（『山桜の歌』）

古びやや荒れてあれども木木の間に佇まひ残る鳥屋の立ちをり

小紋潤歌集『蜜の大地』。

むべ、すみれ、こぶしの花の咲きてゐる蜜の大地のうるほへる蜜

十二歳の彼、ミッションスクール日向学院へ入学。

宮崎市の中学校に学びたりし若きこころの金砂銀砂よ

飲むことのかなはぬ君が送りくれし焼酎なれど迷はず飲みき

四月十六日、康成忌。「たまゆら」は宮崎が舞台だつた。

橘橋、小戸橋、みそぎの池のある日向愛《いと》しみし川端康成

まちがへて伊藤火事彦と変換す　ならばコノハナノサクヤビメの子ぞ

後記

本書は私の第十四歌集である。第十歌集『微笑の空』のあと、『月の夜声』『待ち時間』『土と人と星』を出版し、今回『遠音よし遠見よし』を上梓できることを嬉しくかつ有難いことと思う。作品発表の機会を与えてくださった方々に先ず心からお礼を申し上げたい。

五一八首を収めた。Ｉ部は月刊誌「現代短歌」に連載した一六〇首である。二〇一三年十一月号から翌々年の二〇一五年八月号まで三か月おきに八回にわたって発表した。特に意図したわけではないが、旅をして各地を訪れた作品が多い。

「水彦」は、宮崎の歌から始まり、東京、その後福井県の小浜市に出かけたときの作である。「姫島」は、大分県東国東郡の伝説の島を訪れたときの作。

伊美の港から船でわたった。「東京の雪彦」は、前半は上京する予定の直前に小高賢氏の訃報を聞き、悲しいまでにすさまじい東京の雪に出会った一連である。後半は奈良を訪ねた歌をふくむ。「岩城島」は、いつか行きたいと思っていた愛媛県の岩城島を訪れたときの作。「吉井勇の伯方島　若山牧水の岩城島」のシンポジウムが開かれ、細川光洋氏が勇を、私が牧水を語り、ゲストの島内景二氏がまとめをしてくださった。「津軽富士」は、青森県を訪ねて歌った作が多い。青森県は前に行ったことがあるが、五所川原は初めてだった。「地獄酒」は、牧水の友人だった中村柊花の郷里の長野県松代の作が中心である。二人は酒をよく飲み交わした親友だった。「月光と地面」だけは旅行に出かけず県内にとどまっていた一連である。終わりの「青葉木菟」も宮崎の歌が多いが、上田三四二の故郷の兵庫県小野市を訪れたときの歌が若干ある。各地でお世話になった関係者に感謝している。

Ⅱ部は前歌集『土と人と星』以降の作品である。二〇一五年の夏から二〇一七年の春までの歌を、おおむね制作順に収めた。余分かもしれないが注記を書いてみる。昨年二月に母が満百一歳で世を去った。最後の二年間の母の姿を数篇の連作に収めている。父の思い出を歌った作も少なからずある。長男でありながら家業を継がなかったことに一言も愚痴をもらさなかった両親だった。父は熊本出身だったが、昨年の「熊本地震」は父の故郷に大きな被害をもたらした。「赤し赤し」の一連は地震後の熊本県を訪れたときの作である。

Ⅰ部に続いてⅡ部も、牧水にかかわる作が多い。昨年四月から今年三月まで「NHK短歌」で「牧水　うた紀行」を担当することになり、あらためて牧水ゆかりの地を訪れた。比叡山、百草園、小諸城址、根本海岸などで、かつてと変わらぬ風景も目にできた。二〇一八年は牧水没後九十年である。この稀有の歌人にさらに光が当てられることを願っている。

書名は次の一首によった。

遠音よし遠見よし春は　野への道ひとり行きつつ招かれてをり

私が「心の花」に入会したのは一九六八年だから来年で五十年になる。佐佐木幸綱氏のもとで作歌を続けてこられたことを幸福に思う。そして、宮崎では「心の花」の多数の仲間と切磋琢磨できる日々を持ち得ていることが嬉しい。

この度の出版にあたり、現代短歌社の真野少氏に深くお世話になった。装幀は歌集『待ち時間』や評論集『若山牧水』で私を喜ばせて下さった間村俊一氏。心から有り難うとお礼申し上げる。

二〇一七年十月二十五日

伊藤一彦

歌集　遠音よし遠見よし

発行日　二〇一七年十二月十五日

著　者　伊藤一彦
〒八八〇—〇八二四
宮崎市大島町平原九六一—一〇

発行者　真野　少

発　行　現代短歌社
〒一七一—〇〇三一
東京都豊島区目白二—八—二
電話　〇三—六九〇三—一四〇〇

発　売　三本木書院
〒六〇二—〇八六二
京都市上京区河原町通丸太町上る
出水町二八四

装　幀　間村俊一
印　刷　日本ハイコム
製　本　新里製本所
© KazuhikoIto 2017 Printed in Japan
ISBN978-4-86534-223-9 C0092 ¥2700E

gift10叢書 第8篇
この本の売上の10%は
全国コミュニティ財団協会を通じ、
明日のよりよい社会のために
役立てられます